Ye

17397

POEMES

SUR LE

SIMBOLE DES APÔTRES,

ET

SUR LES

SACREMENS DE L'ÉGLISE.

Par M. Cerveau, Prêtre.

A PARIS,

Chez la Veuve Savoye, Libraire, rue St. Jacques.

M. DCC. LXVIII.

Avec Approbation & Permission.

POEME

SUR LE

SIMBOLE DES. APÔTRES.

D'UN beau zèle animé, je vais, non fans effroi,
Du Simbole expliquer les Articles de Foi.
La matiere elle-même, eft très-intéreffante :
Mais fans l'Efprit Saint, ma Mufe eft impuiffante.
Lumiere des efprits, venez donc m'éclairer ?
Avec votre fecours, je puis me raffurer.

DE DIEU.

IL eft un Dieu. Qu'eft-il cet Etre fi fuprême ? (a)
Pour dire ce qu'il eft, il faut être lui-même.
Sur ce point, c'eft la Foi qui nous fert de garent.
Luit-elle en notre efprit ? Notre raifon fe rend.
Cet Etre, nous dit-elle, à l'homme inconcevable, (b)
Eft un efprit très-pur, éternel, immuable, (c)
Indépendant de tout, Souverain, Tout-Puiffant, (d)
Auteur de l'Univers, fécond, par-tout préfent, (e)
Qui voit & connoit tout, & dont la Providence (f)
Difpofe & regle tout par fageffe & puiffance,
L'homme peut concevoir par fa feule raifon,
Que rien avec Dieu n'eft en comparaifon :
Et même il n'apperçoit aucune créature, (g)
Qui n'annonce l'Auteur de toute la nature.

(a) Exode 3. 14. (b) Idem. 6. 16. (c) Jean 4. 24. (d)
Jac. 1 17. Sageffe 12. 18. (e) Jérem. 10. 12. Actes 14. 16.
(f) Ecclef. 42. 19. 21. Pf. 103. 26. Sageffe 8. 1. 11. 21. 26.
(g) Job. 12. 7. 8. Sageffe 13. 3. &c. Pf. 18. 1.

A

Quand l'Impie, au hazard, dit: il n'eſt point de Dieu; (h)
Il le dit en ſon cœur: mais n'eſt-ce pas un jeu ?
De l'eſprit & du cœur l'on voit toujours le Sage (i)
Rendre au Souverain Etre un légitime hommage.

DE LA SAINTE TRINITÉ.

NOus croyons fermement la Sainte Trinité,
Pere, Fils, Saint Eſprit; trois en vraie unité. (k)
Le Pere ſans principe, eſt du Fils le principe; (l)
Et du Pere, & du Fils, l'Eſprit Saint participe. (m)
Le Pere eſt dans ſon Fils, dans ſon Pere eſt le Fils, (n)
Le Saint Eſprit des deux eſt l'Amour indivis;
Au Pere eſt la puiſſance, au Fils eſt la ſageſſe,
L'Eſprit Saint tous les dons répand avec largeſſe.
Ces trois Perſonnes ont la même éternité,
Même toute puiſſance, & même immenſité.
Elles ont toutes trois une même nature,
Mêmes perfections; la Foi nous en aſſûre.
Gardons ſur ce Miſtère un ſilence profond : (o)
Croyons & l'adorons, car l'eſprit s'y confond.
Nous ſommes conſacrés à la Trinité Sainte:
Servons-la tous nos jours avec amour & crainte.
Ici nous la voyons comme dans un miroir : (p)
Au Ciel à découvert nous eſpérons la voir.

DE LA CRÉATION DU MONDE.

DIEU poſſédant tout bien ſe ſuffit à lui-même;
Il eſt plein, & jouit d'une gloire ſuprême. (q)
Tranquillement heureux de toute éternité;
Qui pouvoit ajouter à ſa félicité ?

(h) Pſ. 13. 1. (i) Jean 4. 23. (k) Matt. 28. 19. I. Jean
5. 7. Jean 10. 30. (l) Jean 1. 1. Pſ 2. 7. 109. 3 (m) Jean
15. 26. (n) Jean 14. 16. Ibid. 17. 21. 23. (o) Rom. II. 33.
(p) 1. Cor. 13. 12. I. Jean 3. 2. (q) Iſaïe. I. II.

Ce n'eft que par bonté qu'il a créé le monde;
Qu'il a manifefté fa puiffance féconde.
Ce n'eft pas tout-à-coup, mais fucceffivement,
Que tant de beaux objets fortirent du néant.
Au commencement, Dieu fit le Ciel & la Terre, (r)
Et tout en général ce que le monde enferre.
Il le fit en fix jours, & comme en fe jouant:
Il parla: tout fut fait; tout parut à l'inftant. (s)
D'abord on vit briller cette aimable lumiere,
Qui donne tant d'éclat à la nature entiere.
Puis, Aftres, Mers, Poiffons, toutes fortes d'Oifeaux,
Herbes, Fleurs, Arbres, Fruits, & nombre d'Animaux.
Dieu pour chef-d'œuvre enfin fit l'homme à fon ima-
    ge; (t)
Et reprit fon repos en ceffant fon ouvrage.

DE L'ÉTAT D'INNOCENCE.

L'Homme établi de Dieu dans l'état d'innocen-
    ce, u)
Fut enrichi de dons avec magnificence.
Exemption de maux, parfaite liberté,
Ardent amour du bien, nulle cupidité.
En qualité de Roi de toute la nature,
Il lui falloit un lieu d'une digne ftructure.
Un beau jardin que Dieu lui-même avoit planté, (x)
Lui fervit de demeure & de félicité.
C'eft en ce lieu qu'Adam, avec Eve fon aide,
N'adore & ne bénit que le Dieu qu'il poffede.
La nature à l'envi leur prodigue fes biens,
Et Dieu les affocie à fes doux entretiens.
Leur ame treffailloit d'une fainte allégreffe;
Leur corps étoit exempt de la moindre foibleffe.
Tel fut l'état heureux de nos premiers Parens,
Tant que l'ordre & l'amour furent en eux conftans.

(r) Genèfe. 1. (s) Pf. 148 5.. (t) Genèfe. 1. 26. (u) Eccléf.
7. 30. (x) Genèfe. 2. 8.

DU PÉCHÉ ORIGINEL.

QUE devoit faire Adam né fans tache & fans vices,
Pour garder ce jardin d'éternelles délices ?
Ne point manger du fruit d'un Arbre dangereux, (y)
Pour rendre hommage à Dieu qui le rendoit heureux.
Rappellons-nous d'abord que Dieu créa les Anges ;
Que les uns pleins d'amour chantent feuls fes louan-
ges ; (z)
Tandis qu'un grand nombre, &c d'orgueil af-
freux , (a)
Endure pour toujours un enfer rigoureux.
Lors donc que le démon plein d'une horrible envie, (b)
Fit défobéir l'homme à l'Auteur de fa vie ;
Il tomba dans le crime ; & perdant à l'inftant
Ses dons , il fut réduit à un malheur conftant.
A la voix du ferpent, Eve , hélas ! trop docile , (c)
De tendre au rang des Dieux , croit la chofe facile.
De deffein orgueilleux , elle mange du fruit ,
Adam en mange auffi , mais fans être féduit. (d)
Dieu juftement ému du crime abominable ,
Condamne fur le champ l'un & l'autre coupable.
C'eft du pain de douleur qu'ils doivent fe nourrir,
Et la femme ne peut enfanter fans fouffrir. (e)
Tombés du Paradis dans un vil efclavage, (f)
Mille maux & la mort vont être leur partage.
Ils fubirent l'arrêt : & nous infortunés ,
Pérîmes dans leur chute avant que d'être nés. (g)
Et l'on vit de l'orgueil la plaie originelle ,
Former dans les humains une langueur mortelle.
Le torrent du péché, roulant fes triftes eaux ,
Coule du Pere au Fils, de la fource aux ruiffeaux. (h)

(y) Genèfe. 2. 16. (z) Job. 38. 7. (a) Ifaïe. 14. 13. (b)
Jean. 8. 44. Sag. 2. 24. (c) Genèfe. 3. 1. (d) I. Tim. 2. 15.
(e) Genèfe. 3. 16. (f) Pf. 48. 13. (g) Rom. 5. 18. (h) Pf. 50. 7.

Son venin se saisit des entrailles de l'ame ;
Dans ses replis cachés nourrit sa noire flâme :
Et ce charbon de peste enfermé dans le cœur ;
Brûlant sans consumer, redouble son ardeur.

DE L'ÉTAT DE L'HOMME APRÈS LE PÉCHÉ.

Miséres du corps & de l'ame ; impuissance de la Loi.

DEPUIS le péché, l'homme est toujours dans la
     peine ;
Par mille infirmités pâtit sa chair humaine ; (i)
Mille nécessités rendent fâcheux son sort ;
Et sa vie s'enfuit par une triste mort.
Aucun n'en est exempt ; & c'est Loi générale : (j)
Mais la condition de l'ame est plus fatale.
Sa misere est extrême, & doit l'être toujours ,
Si la Grace de Dieu ne vient à son secours.
L'esprit, de la lumiere ayant perdu l'usage ,
Est tout environné d'un ténébreux nuage : (k)
Et ses yeux languissans dans un profond sommeil,
Ne peuvent supporter l'éclat d'un vrai Soleil.
L'ame au mal librement s'étant précipitée ,
Trop foible pour le bien , vers le mal est portée. (l)
Ainsi sa volonté dans ses tours & retours , (m)
Porte de toutes parts ses différents amours :
Et comme en un Dédale errante & vagabonde ;
Va d'objet en objet par les faux biens du monde.
Vaine dans ses frayeurs, vaine dans ses desirs,
Vaine dans son orgueil, vaine dans ses plaisirs ;
Elle tombe : & tombant, sa superbe foiblesse
S'éleve encore sans cesse, & sans cesse se blesse.

(i) Job 14. 1. Eccléf. 40. 1. (j) Sageffe 7. 3. &c. (k)
Ephéf. 5. 8. Luc. 1. 79.(l)Rom: 3. 9. & St. Aug. à Boniface
l. 3. c. 8. Poëme de St. Prosper ch. 27. (m) Genèse 8. 21.

Le Tout-Puiſſant veut-il aux Juifs donner ſa Loi ?
Un horrible appareil porte auſſitôt l'effroi : (n)
Caractere diſtinct de l'antique eſclavage.
Elle éclaire , & ne peut , ſans la Foi , rendre ſage. (o)
Tel étoit des mortels le ſort ſi rigoureux ,
De ne pouvoir ſortir de cet état affreux.
Qui peut donc exprimer cette énorme bleſſure ,
Dont le premier mortel a frappé la nature ?
En quel gouffre de maux il a ſi fort jetté
Les reſtes malheureux de ſa poſtérité !

DE JÉSUS-CHRIST.

Sa Conception ; ſa Naiſſance ; ſa vie ; ſa doctrine ;
ſes miracles.

L'HOMME trop impuiſſant à franchir ſa miſere, (p)
A décliner de Dieu la trop juſte colere , (q)
Son ſeul eſpoir étoit en l'immenſe bonté , (r)
Qui ſeule lui pouvoit donner la ſainteté.
De ſiécle en ſiécle Dieu répetant ſa promeſſe ,
Après quatre mille ans finit notre détreſſe.
Le Sauveur promis vient , & dans notre ſéjour,
Aux ombres de la nuit fait ſuccéder le jour. (s)
Dieu même ſe fait homme , & le Verbe adorable (t)
S'enferme en une Vierge , & naît dans une étable.
Nos vœux ſont exaucés , Jéſus nous eſt donné :
La mort ne regne plus , le Rédempteur eſt né.
Il annonce aux mortels la doctrine céleſte , (u)
Et de l'erreur bannit le poiſon ſi funeſte.
On le voit bienfaiſant , doux , pauvre , humble de
    cœur ,
Et toujours de l'orgueil le rigide Cenſeur.

(n) Exode 19. 16. 20. 18. (o) Rom. 3. 19. 20. Gal. 3. 11.
(p) Rom. 8. 3. (q) Ephéſ. 2. 3. (r) Luc 1. 78. (s) Jean 1. 4. (t)
Poëme de St. Proſper ch. 43. (u) Colloſ. 2. 3.

Il fait à tous momens des miracles étranges, (x)
Lorfqu'il parle aux muets, ils chantent fes louanges;
Sa voix apprend aux fourds à diftinguer les fons;
Sa voix, des poffédés, fait fortir les démons;
L'aveugle par fa voix apperçoit la lumiere;
Et par fa voix encor le mort fort de fa biere.
Que Jéfus de bienfaits eft prodigue à nos ames!
Qu'à fes vives clartés il ajoute de flâmes!
Qu'il lance de rayons pour nous illuminer!
Et que d'honneurs divins il nous veut couronner!

SUITE DE JÉSUS-CHRIST,

Ses fouffrances; fa mort.

ARRIVE enfin le tems de ce grand Sacrifice,
Dont le prix pouvoit feul nous rendre Dieu propice.
Jéfus fe fait victime, & la croix eft l'autel, (y)
Où l'Agneau doit fubir un fupplice cruel. (z)
Ce n'eft que dans fa mort que nous trouvons la vie; (a)
C'eft fon précieux fang qui feul nous purifie. (b)
Celui qui fit le monde, & le porte en fes mains, (c)
Veut fouffrir ici-bas tous les maux des humains.
De ce Fort fans pareil la force eft abolie; (d)
Le vrai Sage eft moqué par l'humaine folie;
Le Saint eft condamné par les plus criminels; (e)
Et l'Agneau meurtri par des tigres cruels.
Le Sauveur dans l'excès de fon amour extrême, (f)
Pour détruire la mort, voulut mourir lui-même.
Par des cloux rigoureux il brife tous nos fers,
Et par un bois infâme il dompte les enfers;
Et trompant les démons par leur propre victoire, (g)
Fait fervir leur fureur d'inftrument à fa gloire. (h)

(x) Matt. 11. 5. (y) 1 Cor. 6. 20. (z) Jean. 1. 29. 1
Pierre. 1. 19. (a) 1. Pierre. 1. 24. Ephes. 2. 24. (b) Collos.
1. 13. (c) Philip. 2. 6. &c. (d) Ifaie. 53. (e) 1. Pierre. 1. 22.
(f) Ephés. 2. 4. (g) 1. Cor. 2. 8. (h) Collos. 2. 15.

A iv

Jésus donc ayant dit : oui, tout est consommé, (i)
Expire ; & par sa mort le Ciel est désarmé.

SUITE DE JÉSUS-CHRIST.

Prodiges arrivés à sa mort ; sa descente aux enfers ;
sa sépulture.

QUEL spectacle étonnant offre la créature !
Quelle commotion dans toute la nature,
En voyant expirer l'Auteur de l'Univers !
Tandis qu'insensible est le cœur dur & pervers,
Le soleil s'obscurcit ; la lune en suit l'exemple : (k)
On voit se déchirer le grand voile du Temple :
La terre soudain frémit, le dur rocher se fend :
Des morts reprennent vie, & le tombeau les rend.
Cependant de Jésus l'ame toute éclatante, (l)
Pénetre les lieux bas par sa vertu puissante :
Se fait voir & sentir pour Maître des Enfers : (m)
Vient consoler ses Saints, & les tirer des fers.
Rendus participans du fruit de sa victoire,
Ils ont les avant-goûts de l'éternelle gloire.
Son corps privé de vie est dans la vérité,
Comme son ame, joint à la divinité.
Il subit néanmoins la triste sépulture, (n)
Sans devoir éprouver l'horrible pourriture : (o)
Et même son tombeau doit être glorieux : (p)
Prérogative encor digne du Roi des Cieux.

SUITE DE JÉSUS-CHRIST.

Sa Résurrection ; son Ascension.

LE Corps mis dans un roc entouré d'un suaire, (q)
On fait veiller autour la garde militaire : (r)

(i) Jean. 19. 30. (k) Luc. 23. 44. Matt. 27. 45. 51. (l)
Matt. 12. 40. Ecclis. 24. 45. (m) Ephés. 4. 9. (n) Jean. 19.
40. (o) Pf. 15. 10. (p) Isaie. 11. 10. (q) Matt. 27. 59. (r) Matt.
27. 66.

Par surcroît à la pierre on appofe le fçeau.
Vains efforts : Jéfus fort glorieux du tombeau.
Auffitôt il fe fait un tremblement de terre ; (s)
L'Ange du Ciel defcend & renverfe la pierre.
Les Gardes tout-à-coup font faifis de frayeur, (t)
Et tombent en voyant de l'Ange la fplendeur.
La Réfurrection pour être indubitable , (u)
Devoit être fondée en preuve inconteftable.
Pendant quarante jours le Sauveur apparoît ; (x)
Ayant inftruit les fiens d'ici-bas difparoît.
Il monte dans les Cieux par fa vertu divine : (y)
D'un triomphe éclatant fon œuvre fe termine.
Toute la Cour célefte en fon étonnement
Retentit d'allégreffe à fon avénement. (z)
A la droite du Pere , affis & plein de gloire , (a)
Il recueille amplement les fruits de fa victoire.
De fon vafte Royaume il prend poffeffion , (b)
Et devient le Seigneur de toute Nation.

DE LA DESCENTE DU SAINT ESPRIT.

*De l'Eglife ; de la Communion des Saints ; de la Ré-
miffion des péchés.*

LE Saint Efprit promis defcend fur les Apôtres : (c)
Par fa vertu féconde ils deviennent tout autres.
Par des langues de feu faintement-embrafés,
Ils prêchent : & dès-lors combien de baptifés ! (d)
C'eft ainfi proprement que fe forma l'Eglife ;
Que toujours l'Efprit Saint de fes dons favorife. (e)
Qui n'eft point de ce Corps ne peut être fauvé,
Et du féjour du Ciel doit être enfin privé.

(s) Matt. 28. 2. (t) Matt. 28. 4. (u) I Cor. 15. 3. &c. 17.
(x) Act. I. 3. (y) Marc. 16. 19. Ephéf. 4. 8. (z) Pf. 23. 7.
(a) Matt. 22. 43. Ephéf. 1. 20. (b) Hébr. 3. 2. 5. Philip. 2.
5. (c) Act. 2. 3. (d) Act. 2. 42. 4. 4. 5. 14. (e) Matt. 28. 20.
Matt. 16. 18.

Elle eſt Une, elle eſt Sainte, elle eſt Apoſtolique;
Et ce qui la diſtingue, eſt d'être Catholique.
Qu'admirable eſt des Saints ☩ Communion, [f]
Qui des Élus de Dieu fait l'intime union !
On prie ceux du Ciel, c'eſt œuvre méritoire :
Et l'on porte ſecours à ceux du Purgatoire. [g]
Ici bas les Chrétiens forment ſociété, [h]
Et mutuellement, s'aident par Charité.
On trouve encor en elle un très-grand avantage :
Les péchés ſont remis ; il n'eſt plus d'eſclavage. [i]

DES QUATRE FINS DE L'HOMME.

DE LA MORT.

LA Mort par un ſeul homme eſt entrée en ce
    monde ; [k]
Et tous paſſent du jour dans une nuit profonde.
On voit également les Peuples & les Rois,
Les jeunes & les vieux aſſervis à ſes loix.
Mais qu'elle eſt à l'Impie & triſte & bien amere ; [l]
Tandis qu'elle eſt au Juſte & précieuſe, & chere !
Ici nous ne voyons rien que d'inconſtant ; [m]
Comme l'ombre nos jours paſſent à chaque inſtant. [n]
Dans la mort le Chrétien trouve ſon avantage : [o]
C'eſt par elle que Dieu doit être ſon partage.
Sur la terre il ne vit que pour l'éternité ; [p]
Il mépriſe le monde ; aime la vérité ;
Toujours veille & combat pour gagner la victoire, [q]
Qui lui doit aſſurer la couronne de gloire. [r]

---

[f] Epheſ. 4. 4. [g] 2 Macc. 12. 46. [h] 1. Cor. 12. 13. 26. [i]
Jean. 8. 36. Jean. 20. 23. Rom. 6. 17. [k] Rom. 5. 12. [l] Eccliſ.
41. 1. [m] Eccliſ. 1. [n] Pſ. 143. 4 [o] Philipp. 1. 21. [p] Tite 2.
12. 1. Theſſal. 5. 23. [q] Matt. 24. 42. 44. Rom. 7. 24. [r] 1. Tim.
4. 7.

DU JUGEMENT.

Jugement particulier & général ; Résurrection
des morts.

L'AME quittant son corps paroît en jugement, [s]
Et de ses actions rend compte en un moment. [t]
Des vivans & des morts le Juge véritable, [u]
Récompense ou punit par un arrêt louable.
Les parfaits vont au Ciel, en Enfer les méchans :
Pour un tems les impurs vont au lieu de tourmens.
Le Juge souverain attend la fin du monde,
Pour que de l'équité la vérité réponde.
Au son de la trompette on verra dans l'instant [x]
Les morts résusciter dans un état constant ;
Les bons seront ornés de qualités aimables : [y]
Les méchans au contraire en auront d'exécrables.
Jésus glorieux paroissant dans les airs, [z]
Environné de feu, de foudres & d'éclairs ;
Tous, devant lui présens, entendront la sentence,
Qui de chacun fera l'énorme différence.
Aux Justes il dira ; venez, mes bien aimés, [a]
En gloire pour toujours vous serez consommés.
Ensuite aux Réprouvés ces paroles cruelles : [b]
Allez, maudits, allez aux flâmes éternelles.

DE L'ENFER.

A PEINE cet Arrêt sera-t-il prononcé,
Par la bouche d'un Dieu justement couroucé ;
Qu'aussitôt on verra la criminelle engeance
Tomber comme un éclair dans le lieu de vengeance. [c]
Traçons en peu de mots les horreurs des Enfers.
Se voir avec justice arrêté dans les fers ;

[s] Hébr. 9. 27. [t] 2. Cor. 5. 10. [u] Actes 10. 42. [x] 1. Cor.
15. 52. Matt. 24. 31. [y] 1. Cor. 15. 42. [z] Matt. 25. 31. &c.
2. Cor. 1. 7. &c. [a] Matt. 25. 34. [b] Matt. 25. 41. [c] Matt. 25.
46.

Brûler dans les ardeurs d'une éternelle flâme ; [d]
De rage au défefpoir abandonner fon ame ; [e]
Gémir dans un abîme horrible & ténébreux ; [f]
Du Tyran de la mort voir les regards affreux ;
Avoir perdu du Ciel la gloire ineftimable ;
Et d'un vrai repentir fe trouver incapable. [g]
Ce crayon quoique foible eft encor bien puiffant
Pour nous faire avec crainte ufer du tems préfent. [h]

DU PARADIS.

Passons aux Bienheureux : ah ! quelle différence !
Les voilà tranfportés dans le lieu d'affurance. [i]
Effayons de parler de la gloire des Cieux,
Où les Élus de Dieu, font avec lui des Dieux. [k]
Les Saints du feu divin brûlent avec les Anges ; [l]
Par des chants merveilleux célébrent fes louanges ; [m]
Ont leur front décoré d'immortelle fplendeur ? [n]
Du Monarque infini contemplent la grandeur ; [o]
Pour mets délicieux, font nourris de lui-même ; [p]
Vivent en l'unité de fon bonheur fuprême ; [q]
Sondent la profondeur de fes divins fecrets ? [r]
De fa haute fageffe adorent les décrets.
Tout concourt au bonheur de cette Compagnie ;
Et la moindre mifére en eft toujours bannie. [s]
Voulons nous acquérir cette félicité ?
Il faut que regne en nous l'ardente Charité : [t]
Il nous faut mettre en Dieu notre humble confiance, [u]
Et courir vers le but avec perfévérance. [x]

[d] Ifaie. 33. 14. Matt. 25. 41. Apoc. 21. 8. [e] Matt. 22. 13.
[f] Job. 10. 22. Matt. 8. 12. [g] Sag. 5. 3. [h] Philipp. 2. 12.
Pf. 118. 120. [i] Matt 25. 46. Sag. 5. 3. [k] Pf. 81. 6. [l] Matt.
12. 25. [m] Apoc. 7. 9. [n] Matt. 13. 43. Sag. 5. 17. [o] Jean. 17.
24. [p] Luc. 22. 30. [q] Jean. 17. 21. [r] 1. Cor. 2. 10. [s] Apoc.
21. 4. [t] 1. Cor. 2. 9. [u] Pf. 124. 1. [x] 1. Cor. 9. 24.

R. C. ce 8 Juin 1768.

F I N.

POEME
SUR LES SACREMENS DE L'ÉGLISE.

DES SACREMENS EN GÉNÉRAL.

SOUTENU de la Foi, j'ose peindre en mes vers,
Les magnifiques Dons du Roi de l'Univers.
  Tout Sacrement Divin est un signe sensible ,
Qui marque & qui produit une Grace invisible.
Jésus à son Église offre sept Sacremens ,
Qui de son tendre amour sont les beaux monumens ;
Sont autant de canaux de sa féconde Grace ;
Et de la sainteté le principe efficace.
Le Baptême fait naître , & vivre en Jésus-Christ :
La Confirmation donne le Saint Esprit :
L'Eucharistie en soi contient le pain de vie :
La Pénitence absout , guérit & purifie :
L'Extrême-Onction ôte à l'ame sa langueur :
L'Ordre donne à l'Église & Ministre & Pasteur :
Le Mariage enfin par une chaste flâme ,
Rend sainte l'union de l'homme & de la femme.
Qui veut les recevoir , doit si bien disposer :
Un cœur rebelle, impur, ne s'y peut exposer.
Un cœur humble & fidèle à son Dieu se confie ,
Et peut tout en celui qui seul le fortifie. [a]

[a] Philip. 4. 13.

DU SACREMENT DE BAPTÊME.

L'Homme naissant pécheur est de Dieu séparé : [b]
Sans ressource il périt, s'il n'est régénéré. [c]
Mais par l'effet divin du premier Sacrement,
L'esclave du démon de Dieu devient enfant. [d]
La Sainte Trinité fait en lui sa demeure, [e]
En lui communiquant la vie intérieure.
Le crime originel se trouvant acquité,
Il est tout effacé, il n'est plus imputé. [f]
La divine bonté remet toute la peine; [g]
Et dès-lors, le pécheur, dont l'ame est pure & saine;
Du Pere est fait Enfant, Membre de Jésus-Christ, [h]
Et pour comble d'honneur, Temple du Saint Esprit.
Par un foible élément s'operent ces merveilles,
Qui font du Tout-Puissant les œuvres nompareilles;
L'homme plongé dans l'eau paroît enseveli;
Son vieil homme est noyé, son crime est aboli : [i]
Sortant des fonts sacrés, il vit, il ressuscite;
C'est un homme nouveau dans qui la Grace habite. [l]
Qu'heureuse est du Chrétien la situation!
Si conformant sa vie à sa vocation,
Il sçait être fidèle aux vœux de son Baptême,
En renonçant au monde, à satan, à soi-même.
Reconnois donc, ô Chrétien, ta haute dignité. [m]
Que le crime jamais ne souille ta beauté.
En servant ton Seigneur tu n'as que de la gloire :
La couronne est promise, elle suit la victoire. [n]

[b] Rom. 9. 22. [c] Jean. 3. 5. 1 Pierre 1. 3. [d] Coll. 1. 10.
[e] Matt. 28. 19 Jean. 17. 21. [f] Act. 3. 19. Coll. 2. 14 2. Cor.
5. 19. [g] Rom. 8. 1. [h] Jean. 1. 12 1. Cor. 12. 27. Rom. 8. 15.
17. Ephés. 1. 5. 1. Cor. 6. 19. [i] Rom. 6. 6. [l] Ephés. 4. 22.
[m] S. Léon Serm. 1. de la nativ. [n] Apoc. 2. 10. 3. 21.

DU *SACREMENT* DE CONFIRMATION.

L'HOMME n'éprouve plus le fort de fa foibleffe,
Si-tôt que de l'enfance il paffe à la jeuneffe.
C'eft l'effet que produit la Confirmation,
Dans celui qui reçoit la divine Onction.
Le Pontife facré fur lui les mains impofe,
Puis le fceau du Saint Chrême à fon front il appofe.[o]
Il ceffe d'être enfant; c'eft un parfait Chrétien, [p]
Qui tire du Seigneur fa force & fon foutien. [q]
Le Saint Efprit defcend dans l'ame préparée, [r]
Qui des plus riches dons fe trouve alors parée. [s]
On ne voit plus tomber de ces langues de feu :
Une Grace abondante en tient juftement lieu.[t]
On reçoit la Sageffe, avec l'Intelligence ; [u]
Le Confeil, & la Force, & des Saints la Science,
La Crainte du Seigneur, avec la Piété ;
Dons qui de l'ame font la parfaite beauté.
Le Chrétien confirmé, muni d'un faint courage, [x]
Sur tous fes ennemis a beaucoup d'avantage.
S'ils ofent le tenter, & lui livrer combat,
Il triomphe toujours, étant de Dieu Soldat. [y]
La Charité, la Joie, avec la Patience, [z]
L'Humanité, la Paix, & la Perféverance,
La Foi, la Modeftie, avec la Chafteté,
La Continence enfin, la Douceur, la Bonté,
Sont les précieux fruits, que l'Efprit Saint fait naître
Dans un cœur qu'il remplit, & dont il eft le Maître.[a]

DU SACREMENT DE L'EUCHARISTIE.

LE Sacrement augufte où Jéfus-Chrift fe trouve,
Eft un objet de Foi, que l'Hérétique improuve.

[o] Ephéf. 1. 13. [p] 2. Cor. 1. 21. [q] Pf. 90. 1. [r] Act. 4. 31.
[s] Tite. 3. 5 [t] Jean. 10. 10. [u] Ifaïe 11. 2. [x] Luc. 24. 49.
[y] 2. Tim. 2. 3. [z] Gal. 5. 22. [a] Jean. 15. 8.

L'un a Dieu pour garent, l'autre agit par les sens:
L'esprit peut-il alors demeurer en suspens ?
Cette puissante voix, qui fit la terre & l'onde :
Qui rend jusqu'à présent la nature féconde :
Par qui fut autrefois l'eau changée en vin ; [b]
Est la même qui fait ce Sacrement divin.
Jésus près de sa fin, déployant sa puissance ; [c]
Sur l'Ancienne établit la Nouvelle Alliance :
Et prenant pain & vin, & chacun en son rang,
Dit, c'est ici mon corps ; puis, c'est ici mon sang.
Dês-lors tout est changé : le pain n'est plus du pain; [d]
Le vin n'est plus du vin, par un effet soudain.
La Parole divine est parole efficace ;
Du pain comme du vin de Jésus-Christ prit la place.
Des Apôtres il fit des Sacrificateurs,
Et des Mistères Saints les mit Dispensateurs.
Il leur communiqua sa puissance féconde, [e]
Qui doit se succéder jusqu'à la fin du monde. [f]
Le Ministre sacré ne prête que sa voix ;
Le Maître fait toujours ce qu'il fît autrefois.
Il transforme lui seul les diverses substances ;
Rien n'en reste, sinon les simples apparences,
Que la raison se taise, & que la Vérité
Soumette notre esprit à la Réalité.
Paul, Clément, Irénée, Augustin, Chrisostôme,
Justin, Ambroise, Anselme, Optat, Paulin, Jérôme,
Sont sur cela témoins de la Tradition ;
Contre qui l'on ne peut former prescription.
Pourquoi, Freres errans, tenir à la Figure ?
La pouvez-vous prouver par la Sainte Écriture ?
Vous êtes en ce point de faux Réformateurs ;
Et, pour le fond, des Juifs les vrais imitateurs. [g]
Quand à nous, héritiers de la Foi de nos Peres,
Nous osons adorer ces augustes Misteres,

[b] Jean. 2. 7. [c] Luc. 22. 20. Matt. 26. 26. 2. Cor. 11. 23.
[d] Concile de Trente sect. 13. c. 1. de Huchar. [e] Luc 22. 19.
[f] Malach. 1. 11. [g] Jean. 6. 52.

Et dignement manger ce célefte Aliment
Qui fait, en vérité, vivre éternellement. [h]
Ofer le recevoir dans un cœur infidèle,
L'ame devient alors beaucoup plus criminelle. [i]
Mais-veut-on s'approcher de ce Banquet divin ?
Il faut, en s'éprouvant, purger le vieux levain, [k]
Avoir une Foi vive, une ferme Efperance,
L'ardente Charité, la jufte Confiance ;
Defir fincere & vif, profonde Humilité,
Pleine reconnoiffance, entiere pureté.
Jéfus fait avec l'ame une union intime ; [l]
Réprime du péché l'attrait illégitime ;
Augmente la vertu, nourrit la piété ;
Et donne un gage fûr de l'immortalité. [m]
Quel bonheur a celui que le Seigneur vifite !
Tous les jours on le voit avancer en mérite ; [n]
Fuir le monde pervers, haïr la vanité,
Pour acquérir enfin l'heureufe éternité. [o]

DU SACREMENT DE PÉNITENCE.

LE Chrétien une fois de la Grace éclairé ; (p)
Qui par le Don de Dieu fe voit régénéré ;
En qui le Saint Efprit fixe fa réfidence ;
Et qui du Pain vivant tire fa fubfiftance ; (q)
Devroit toute fa vie être exempt de péché, (r)
Et fe tenir à Dieu fermement attaché.
Mais vous favez, Seigneur, l'excès de fa foibleffe ; (s)
Souvent vous le voyez déchoir de la fageffe.
Votre bonté ne peut le laiffer fans fecours.
Pourvu qu'en cet état à vous il ait recours.
Il n'eft qu'un feul remede ; & c'eft la Pénitence, (t)
Qui peut lui rendre enfin fa premiere innocence.
Il faut que l'exercice en foit laborieux, (u)
Pour brifer fortement le cœur audacieux.

[h] Jean. 6. 54. 59. [i] 1. Cor. 11. 27. [k] 1. Cor. 6. 7. 1. Cor. 5. 7. [l] Jean. 6. 57 [m] Jean 6. 55. [n] 1. Theff. 4. 1. Tite. 2. 12. 2. Pierre 3. 11. & fuiv. [o] 1. Cor. 15. 58. [p] Hébr. 6. 4. [q] Jean. 6. 51. [r] 1. Jean. 3. 6. 9. [s] Pf. 6. 3. [t] Luc. 13. 3. [u] Joel. 2. 12.

DE LA CONTRITION.

Quand le Pécheur reſſent un repentir ſincere ;
Suivi du briſement, d'une douleur amere ; (x)
Toujours accompagné du changement du cœur ;
C'eſt la Contrition: rare don du Seigneur.
Mais la Contrition, pour être véritable,
A ſes conditions qui la rendent louable.
C'eſt, d'être intérieure, être ſurnaturelle,
Etre encor ſouveraine, & même univerſelle.
Intérieure, au cœur qui commit l'action ;
Surnaturelle, en Dieu qui donne l'onction ;
Souveraine, à l'égard de la douleur intime ;
Univerſelle enfin, s'étendant à tout crime.
Quant à cette douleur qu'on nomme Attrition, (y)
Que fait naître la honte ou la punition,
Elle ne rendra point le pécheur hypocrite,
Pourvu que dans ſon cœur le Saint-Eſprit l'excite ;
De le juſtifier ce n'eſt point ſon effet ;
Mais bien le diſpoſer au remede parfait.
Ce n'eſt pas tout d'un coup que l'on ſe ſanctifie ;
Ce n'eſt que par degrés qu'on recouvre la vie.
Croire d'abord en Dieu ; craindre ſon châtiment (z) ;
Aux mérites du Chriſt eſpérer fermement ;
Commencer à aimer l'Auteur de la juſtice ;
Haïr ſincerement tout ce qui tient du vice ;
Et ſe mettre en état de vivre ſaintement,
En obſervant la Loi bien plus fidellement.
Dieu, qui peut à l'inſtant changer le cœur rebelle,
Suit de l'ordre commun la trace naturelle.
C'eſt ainſi qu'on parvient à la converſion ;
Et qu'on eſt digne enfin de l'abſolution.

[x] Pſ. 50. 19. Luc. 22. 62. Jérém. 24. 7. Luc. 7. 47. [y] Concile de Trente, Seſſ. 14. c. 4. de la pénitence. [z] Ibid. ſeſſ 6. de la juſtific. c. 5. 6.

DE LA CONFESSION.

UN Pécheur bien contrit doit rentrer en lui-même.
Eclairé d'un rayon de cet Etre suprême,
Qui connoît les replis les plus cachés du cœur, (*a*)
Sa sainte Loi devient son rigide censeur.
Il doit exactement sonder sa conscience ;
Rechercher & la cause, & la fin de l'offense ;
En peser avec soin la juste quantité ;
Quelle en fut la durée , & son énormité.
Pénétré de douleur , il repasse ses crimes ; (*b*)
Il pleure & bénit Dieu de ses faveurs intimes.
Se sentant criminel , confus , humilié, (*c*]
Au Prêtre il se confesse , & rien n'est oublié.
Une confession sans ces regles est vaine :
Dieu même est irrité de cette audace humaine. (*d*)

DE L'ABSOLUTION.

LE Pénitent a droit à l'Absolution ,
Dès qu'on peut s'assurer de sa conversion.
Mais si le Prêtre en doute, il ne doit point l'absoudre;(*e*)
Et sous aucun prétexte il ne doit s'y résoudre.
Il doit le refuser au cœur impénitent :
Il doit le différer au cœur trop inconstant.
Celui que ce bienfait pleinement justifie ,
A Dieu doit consacrer tous les jours de sa vie. [*f*]
Celui que l'on remet se doit humilier ,
Et prendre les moyens de se purifier.
Quand l'Absolution est trop précipitée,
Elle nuit sûrement à l'ame trop flattée.
L'aveugle , dit Jésus , qu'un aveugle conduit,
Vont tous deux dans la fosse , & tel en est le fruit.

[*a*] Pf. 7. 10, 43. 22. [*b*] Isaïe 38, 15. [*c*] 1. Jean. 1. 9. Luc.
15, 17. [*d*] 2. Macc. 9. 13. [*e*] Jean. 20. 23. [*f*] Luc. 1. 74.

DE LA SATISFACTION.

Tout Pécheur eſt tenu d'expier ſa malice ;
Et ce n'eſt qu'à ce prix que Dieu ſe rend propice. [g]
C'eſt la regle que ſuit tout ſage Directeur,
Qui tenant toujours ferme, eſt exemt de rigueur.
Suivant, ſelon les cas, l'eſprit de pénitence, [h]
Il doit peſer au juſte & la peine & l'offenſe.
La peine trop légère eſt cruelle douceur,
Qui lie également le Prêtre & le Pécheur.
Il faut dûment ſubir l'œuvre ſatisfactoire ; [i]
Ou bien après la mort ſouffrir en Purgatoire. [l]
Jeſus-Chriſt a ſouffert, ſouffrons donc avec lui ; [m]
Ses mérites dès-lors feront tout notre appui. [n]
Pratiquons la Priere, & le Jeûne, & l'Aumône : [o]
Offrons-les au Seigneur, proſternés vers ſon Trône.
Le Pénitent fidele à remplir ſon devoir,
Reſſent dès ici bas le plus ſolide eſpoir. [p]
Dieu qui ſe plaît toujours à tenir ſes promeſſes, [q]
Au Ciel le comblera de toutes ſes largeſſes. [r]

DE L'EXTREME-ONCTION.

L'INFIRME qui ſe ſent ſur le point de mourir, [s]
Au dernier Sacrement doit alors recourir.
Le moribond reçoit une vigueur nouvelle,
Quand avec l'huile ſainte on oint ſa chair mortelle.
Dieu par ſa Grace rend cet athlete plus fort [t]
Contre ſes paſſions, le démon & la mort.
On fait ſur tous ſes ſens les ſaintes onctions,
Pour de l'ame guérir les imperfections.
Ce Sacrement remet les péchés & leurs reſtes ;
De la mort il bannit les frayeurs ſi funeſtes ;

[g] Ezéch. 18. 21. [h] Concile de Trente, ſeſſ. 14. c. 8. de la pénitence. [i] Luc. 3. 8. [l] 1. Cor. 3. 15. [m] 1. Pierre, 2. 21;
[n] Rom. 8. 17. [o] Tobie 12. 8. [p] Pſ. 26. 13. [q] Hébr. 10. 23;
[r] 2. Pierre, 1. 4. [s] Jac. 5. 15. [t] Concile de Trente, ſeſſ. 14. c.
g. de l'Extrême-onction.

Il écarte le Diable & sa tentation,
Et ce qui peut troubler la résignation.
On doit le recevoir en pleine connoissance,
Si l'on veut s'attirer la divine assistance.
Le secours différé jusqu'à l'extrêmité,
Fait que ce Sacrement a peu d'utilité.
Il peut même affermir la santé chancelante :
La raison d'y penser en est donc évidente.
On est en cet état près de l'éternité :
De s'y bien préparer c'est donc nécessité.
Qui le néglige a tort : car la maxime est sûre ;
Que pour entrer au Ciel l'ame doit être pure. [u]

DU SACREMENT DE L'ORDRE.

JEsus-Christ de l'Eglise est le divin Pasteur : [x]
Il l'aime, il la conduit, il est son protecteur.
Résidant dans le Ciel, il est comme invisible ;
Et sa conduite alors ne peut être sensible.
Sa bonté sçut trouver un moyen d'y pourvoir :
Le Sacrement de l'Ordre imprime son pouvoir. [y]
Des hommes consacrés devenant ses Vicaires,
De son autorité sont les Dépositaires. [z]
Aussi des Sacremens les vrais Dispensateurs, [a]
Des serviteurs de Dieu se disent Serviteurs. [b]
Jésus-Christ établit les Prélats & les Prêtres,
Pour être des Chrétiens les Pasteurs & les Maîtres. [c]
De la Nouvelle Loi ces Sacrificateurs,
De la Religion sont aussi les Docteurs.
Ils offrent au Seigneur l'auguste Sacrifice ; (d)
Et de Médiateurs ils exercent l'office.
Ils ont en main les clefs du Royaume des Cieux : [e]
Et leur divin pouvoir se répand en tous lieux. (f)
Le sacré Ministere aux Anges redoutable,
Suppose dans leur cœur la vertu convenable ;

[u] Apoc. 21. 27. [x] Jean. 10. 14 Hebr. 13 20. Ephes. 5. 23
[y] 1 Tim. 4. 14. [z] 2. Cor. 13. 3. [a] 1. Cor. 4. 1. [b] 1. Pierre, 5.
3 [c] Hebr. 13. 7. 2. Cor. 10. 6. 8. [d] Hebr. 5. 1. [e] Matt. 16. 19.
[f] Marc. 16. 15.

Demande la fcience avec la pureté ;
Et cet état fi faint exige fainteté. [g]
Qui fans vocation s'ingere de foi-même, [h]
Du fouverain Pafteur s'attire l'anathême.
Le moindre Miniftere eft un titre d'honneur :
Tant il eft glorieux de fervir le Seigneur.

DU SACREMENT DE MARIAGE.

DIEU dès les premiers tems bénit le Mariage ; [i]
Et par lui fit peupler le monde d'âge en âge.
Mais il plût au Sauveur d'en faire un Sacrement,
Qui pût l'homme & la femme unir plus faintement.
Jéfus-Chrift & l'Eglife en font la vive image : [k]
Modele offert á ceux que cet état engage.
Ils font unis de corps : qu'ils foient unis de cœur, [l]
S'ils veulent ici-bas jouir d'un vrai bonheur. [m]
Soutenus de la Grace ils feront toujours gloire
De tirer de leurs maux une œuvre méritoire.
Il faut qu'un bon Chrétien rejette avec vigueur, (n)
Ce que la chafteté ne voit qu'avec horreur.
Son but eft de donner des enfans à l'Eglife :
Auffi dès qu'ils font nés veut-il qu'on les baptife.
Certes le Mariage a fes difficultés : [o]
Les cœurs les plus unis ont leurs infirmités.
Mais qui peut embraffer l'état de Continence, [p]
De faire fon falut a bien plus d'affurance.
L'efprit eft plus content : le cœur moins partagé,
Par des plaifirs plus purs eft bien dédommagé.
    De vos Dons, ô Jéfus, pleins de reconnoiffance,
Nous ofons en vous feul mettre notre efpérance.
Notre intérêt, Seigneur, fera d'y recourir :
Mais pour en profiter, daignez nous fecourir. FIN.

[g] Lévit. 21. 8 [h] Hébr. 5. 4. [i] Gen. 1. 28 [k] phéf. 5. 32. [l] 1.
Pierre, 3. 8. [m] Ephéf. 5. 22. 25. [n] Theff. 4. 4. Hebr. 13 4. Tobie, 8. 5.
9 [o] 1 Cor 7. 28. [p] 1. Cor. 7. 26. 32. 34.

    J'ai lu par ordre de Monfeigneur le Vice-Chancelier, un petit Ou-
vrage intitulé Poëme fur les fept Sacremens & Poëme fur le Symbole
des Apôtres ; je n'y ai rien trouvé de contraire à la Foi ni aux bonnes
mœurs. Fait en Sorbonne ce 12 Mai 1768.
                    Signé BILLARD DE LORIERI.

www.ingramcontent.com/pod-product-compliance
Lightning Source LLC
Chambersburg PA
CBHW061746180626
46818CB00006B/2766